Escuela de Espanto

¡El recreo es una JUNGLA!

Jack Chabert

Ilustrado por Sam Ricks

BRANCHES

SCHOLASTIC INC.

¡DESCUBRE LA
ESCUELA DE ESPANTO!

CONTENIDO

A los maravillosos maestros de Joshua Eaton
Elementary School. Gracias por dejarnos jugar
Tire Tower Tag, King of the Mountain y Off the Wall.
— JC

Originally published as *Eerie Elementary #3: Recess Is a Jungle!*

Translated by María Domínguez

All rights reserved., Published by Scholastic Inc., *Publishers since 1920.*
SCHOLASTIC BRANCHES, SCHOLASTIC EN ESPAÑOL,
and associated logos are trademarks and/or registered trademarks of Scholastic Inc.

The publisher does not have any control over and does not assume any responsibility for author or third-party websites or their content.

This book is a work of fiction. Names, characters, places, and incidents are either the product of the author's imagination or are used fictiously, and any resemblance to actual persons, living or dead, business establishments, events, or locales is entirely coincidental.

ISBN 978-1-338-26906-2

10 9 8 7 6 5 4 3   19 20 21 22

Printed in the U.S.A.   40
First Spanish printing 2018

Book design by Will Denton

AL BOSQUE...

—¡Allá va! —gritó Samuel Cementerio pateando el balón en el área de juegos.

Era la hora del recreo. Samuel y sus mejores amigos, Antonio y Lucía, se estaban pasando el balón.

Antonio detuvo el balón con el pie antes de que se metiera debajo de los columpios. Luego lo pateó hacia Samuel.

—¡Pásamelo! —gritó Lucía.

Samuel le pasó el balón a Lucía y salió corriendo. El Sr. Necrocomio, el viejo conserje de la Escuela de Espanto, estaba recogiendo hojas cerca de allí. Samuel lo saludó.

El Sr. Necrocomio había elegido a Samuel para que fuera monitor de pasillo y le había enseñado lo que la escuela era en realidad: un ser vivo que se *alimentaba* de los estudiantes. ¡La escuela estaba viva! Y Samuel debía defenderlos a todos.

Un mes antes, el escenario del teatro de la escuela había tratado de devorar a Lucía y a Antonio. Varios días después, Samuel y Antonio habían tenido que rescatar a Lucía cuando su casillero se la tragó. Los amigos de Samuel ya sabían la verdad sobre la escuela, y el Sr. Necrocomio los había nombrado ayudantes del monitor de pasillo para que ayudaran a Samuel a cuidar a los estudiantes.

El graznido de un cuervo sacó a Samuel de sus pensamientos. Varios cuervos negros inmensos estaban posados sobre el techo de la escuela. Normalmente, los cuervos lo ponían nervioso, pero hoy no.

—¡Allá va, Samuel! —gritó Lucía.

El balón voló por el aire. Samuel lo atrapó con el pie y lo llevó hacia una esquina del edificio.

La Escuela de Espanto parecía un ruinoso castillo de ladrillos rojos. Los aparatos del área de juegos estaban viejos y maltrechos.

Samuel pateó el balón alrededor de la estructura de madera con el tobogán rojo brillante, desde donde colgaban dos columpios hechos de ruedas de auto y una red para escalar.

El chico estaba llegando al final del área de juegos, donde estaba la portería de fútbol. A corta distancia se veía la cerca herrumbrosa que, cubierta de enredaderas, rodeaba la escuela.

—¡Patéalo, Samuel! —gritó Lucía.

Samuel se preparó para hacer el disparo. Miró la portería. ¡Luego pateó el balón con fuerza!

El balón voló por el aire… pero pasó muy lejos de la portería. Un tiro totalmente desviado. Rebotó contra la cerca y rodó hasta detenerse. Quedó junto a una raíz que había levantado la cerca, en un área arbolada al lado de la escuela.

—¡Soy el peor jugador del mundo! —exclamó Samuel soltando un suspiro.

Lucía y Antonio se le acercaron.

—Lo siento, jefe, pero tienes que aceptarlo: el fútbol no es lo tuyo —dijo Antonio.

¡Fuiiiiiii!

Un silbido atravesó el aire. La maestra de Samuel, la Sra. Gómez, estaba parada en los escalones que daban al patio de la escuela.

—El recreo ha terminado. ¡Todos a los salones de clases! —dijo la maestra.

Antonio haló a Samuel por la manga.

—Te toca recoger el balón —dijo.

Samuel sintió un escalofrío. Como era el monitor de pasillo sentía cosas que los demás no sentían, y acababa de sentir algo malo. En ese instante, el balón comenzó a rodar sin que nadie lo hubiese tocado. Samuel, Antonio y Lucía contuvieron el aliento.

Lentamente, el balón rodó hasta el agujero bajo la cerca y se metió entre los árboles.

¡A BUSCARLO!

Samuel no podía creer lo que acababa de ver.

"Estaba junto a la raíz —pensó—, ¡y luego comenzó a rodar solito!"

La Sra. Gómez estaba apurando a los estudiantes que no habían entrado a la escuela. A su lado estaba el Sr. Necrocomio. Samuel miró al anciano y este le hizo una señal con la cabeza. Samuel sabía lo que le había querido decir: el Sr. Necrocomio le acababa de pedir

que fuera a buscar el balón al bosque.

—Yo iré a buscar el balón —dijo Lucía—. Seguramente hay una bajada ahí mismo y por eso salió rodando.

—¡Claro que hay una razón! —exclamó

Antonio—. ¡Pero se llama Obdulio Espanto!

Samuel y sus amigos sabían que un científico loco, llamado Obdulio Espanto, había construido la escuela hacía más de cien años. Y sabían también

OBDULIO ESPANTO 1871-?

que el científico había hallado una manera de vivir eternamente: se había *convertido* en la escuela. Obdulio Espanto *era* la Escuela de Espanto.

—Vamos, muchachos —dijo Antonio—, olvídense del balón.

Lucía quería ir a buscarlo, pero Antonio no quería. Samuel tenía la última palabra.

Samuel miró hacia la escuela. El Sr.

Necrocomio conversaba con la Sra. Gómez. Intentaba distraerla para que no los viera.

—Bien, muchachos —dijo Samuel—. Vamos a buscar el balón.

Lucía sonrió y Antonio gruñó, pero los tres se acercaron a la cerca.

Se metieron por un agujero y avanzaron entre los altos pinos. Sintieron el aire frío.

Atrás había quedado la brillante luz del sol.

—¿Y si fue *Obdulio Espanto* el que movió el balón? —preguntó Antonio.

—Ya no estamos en la escuela —dijo Samuel—. Obdulio Espanto no tiene poder aquí afuera. No hay de qué preocuparse.

Apenas había terminado de hablar cuando una densa niebla los envolvió.

Samuel no se veía ni los pies. ¡Tampoco veía a sus amigos!

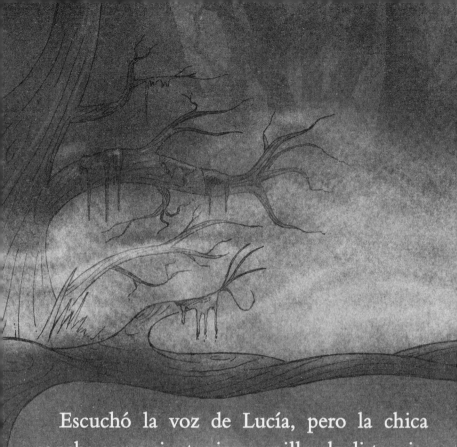

Escuchó la voz de Lucía, pero la chica sonaba como si estuviera a millas de distancia. Entrecerró los ojos, pero no le sirvió de nada. ¡Solo se escuchaba el silbido del viento!

—Chicos, ¿dónde están? —gritó Samuel—. ¡Antonio! ¡Lucía!

No hubo respuesta. La niebla parecía habérselos tragado.

Samuel caminaba a ciegas. No tenía la menor idea de dónde podría estar el balón y mucho menos de dónde estaban sus amigos.

—¡Lucía! ¡Antonio! —gritó a todo pulmón.

En ese momento, tropezó con una de las muchas raíces que salían del suelo. Estuvo a punto de caer, como si las raíces estuvieran tratando de halarlo.

—¡AUXILIO!

Samuel avanzó entre la niebla hacia el lugar de donde venía la voz. Lucía gritaba como si estuviera en peligro.

Por fin, Samuel logró salir de la niebla. Ahora lo veía todo claramente, pero no podía creer lo que tenía delante: un gran pantano.

Raíces y ramas asomaban por encima de la superficie del agua.

"¿Un pantano? ¿Cómo es posible que haya un pantano tan cerca de la escuela?", pensó.

Samuel nunca había visto un pantano de verdad, ¡pero sabía que no debía de haber uno en este lugar! Lucía y él habían estudiado la zona en los libros de la biblioteca y en los planos de la escuela dibujados por Obdulio Espanto. ¡En todo el pueblo de Espanto *no había* ni un solo pantano!

—¡SAMUEL! ¡ANTONIO! ¡AUXILIO!
—volvió a gritar Lucía.

Entonces Samuel la vio.

Una de las ramas flotantes se había enganchado a la mochila de Lucía. La chica trataba de liberarse mientras la rama la halaba hacia la profundidad del pantano. Lucía se agarró de un tronco que flotaba en el agua.

—¡Espera! ¡Allá voy! —le gritó Samuel sintiendo que el corazón le saltaba en el pecho.

"¡Tengo que cruzar el pantano para ayudar a Lucía! —pensó—. Pero si me meto en el agua, me atraparán como a ella".

—¡Ay! —chilló al sentir algo frío en el hombro.

Dio un salto atrás y sintió alivio al ver que no era una serpiente sino una liana.

Entonces se le ocurrió una idea.

Agarró firmemente la liana, miró el pantano y tragó en seco. Le parecía mentira lo que estaba a punto de hacer…

¡PLAF!

4

Samuel corrió para tomar impulso y saltó hacia delante. Se sujetaba con todas sus fuerzas de la liana mientras volaba sobre el pantano.

—¡Lucía, baja la cabeza! —gritó.

Pasó sobre la chica como si fuera Tarzán, el protagonista de las viejas películas que tanto le gustaban a su padre. Pero Samuel no era Tarzán. La liana se le escapó de las manos y cayó estrepitosamente al suelo. **¡PLAF!** Un momento después, se levantó. ¡Había logrado llegar al otro lado del pantano!

—¡Apúrate, Samuel! —gritó Lucía.

La rama seguía halando a Lucía por la mochila, hundiéndola en el pantano. Si soltaba el tronco, pronto estaría bajo el agua.

Samuel se quitó la banda de monitor de pasillo y le lanzó uno de los extremos.

—¡Agárrala! —le dijo—. ¡Te halaré hacia la orilla!

Lucía agarró la banda y Samuel comenzó a halarla con toda su fuerza. **¡CHUP!** Finalmente, Lucía logró sacar un pie del lodo y se soltó de la rama. Cuando lograron alejarse unos

pasos del pantano, ambos se desplomaron en el suelo.

—¡Espera! —gritó Lucía—. ¿Dónde está

Antonio? Salió corriendo hacia el otro lado.
Oí sus gritos. Puede estar atrapado.

En ese momento, los chicos oyeron un gran
ruido que provenía de los pinos.

—¿Y ese ruido? —preguntó Lucía.

Samuel no tenía ni idea, pero el ruido se
hacía cada vez más intenso. Algo, *o alguien*,
se acercaba a ellos.

EL CUERVO

5

Samuel y Lucía se abrazaron. Los árboles parecían estremecerse y el suelo temblar.

—¡Es Antonio! —gritó Lucía.

—¡Al fin los encuentro! —dijo Antonio, saliendo de entre los árboles—. Estuve a punto de ser engullido por una hoja inmensa.

Trató de masticarme. **¡ÑAM, ÑAM, ÑAM!** Les advertí que no debíamos venir aquí. No vale la pena ser devorado a causa de un balón.

—Nada de esto debería suceder en este lugar —exclamó Lucía—. Los poderes de Obdulio Espanto solo sirven en la escuela.

—Eso pensábamos —dijo Antonio—. ¡Pero está claro que *no estamos* en la escuela!

—Esto no tiene sentido —dijo Samuel.

¿Estarían equivocados acerca de Obdulio Espanto? ¿Acaso podía ejercer sus poderes más allá de la escuela? Si era así, ninguno de los tres volvería a estar a salvo.

Samuel miró a su alrededor. La niebla parecía moverse entre los árboles. Era tan densa que no se divisaba la escuela. Los árboles eran inmensos, posiblemente los más altos que hubiese visto jamás, y sus ramas estaban cubiertas de lianas.

"Este no puede ser el bosque que uno ve desde la escuela —pensó Samuel—. Parece más bien una jungla. ¡Esto tiene que ser culpa de Obdulio Espanto!"

—¡Algo se acerca! —dijo Antonio.

Samuel vio una criatura entre la niebla. Tenía plumas y era tan negra como la noche.

—Un cuervo —dijo Lucía—. Es uno de esos cuervos inmensos que siempre están posados en el techo de la escuela.

El pájaro venía hacia ellos dando saltitos. Lucía y Antonio se acercaron a Samuel.

El cuervo finalmente se detuvo a sus pies, alzó la cabeza y miró a Samuel. Sus brillantes ojos lo miraron fijamente.

¡CRAAC!

El cuervo graznó súbitamente, agitó las alas y alzó el vuelo. Voló tres veces en círculo alrededor de los chicos y se alejó volando en la niebla hacia lo más profundo del bosque.

—Debemos seguirlo —dijo Samuel.

—*No debemos* seguir *nada* —dijo Antonio.

—Pero a lo mejor el cuervo nos muestra la salida —dijo Lucía.

—Lucía tiene razón. ¡Vamos! —dijo Samuel.

EL GIGANTE

6

Los chicos salieron caminando tras el cuervo.
Entonces, a Antonio se le ocurrió una idea.

—¡Esperen un momento! —dijo, agarrando
la banda de monitor de pasillo de Samuel—.
Pongámonos la banda alrededor de los tres
para no separarnos otra vez.

—Buena idea —dijo Samuel.

En unos instantes, quedaron unidos por la banda. Samuel ató un nudo al frente.

El cuervo bajó en picada. Trataron de seguirlo, pero no era fácil correr los tres a la vez. Dentro de la banda se sentían como si estuvieran rodeados de un aro de hula hula.

Antonio chocaba contra Lucía. La chica pisoteaba a Samuel. Samuel daba tropezones. Era imposible perseguir así al cuervo.

La niebla los volvió a envolver.

—¡Qué locura! —dijo Lucía.

—¿Adónde se fue? —preguntó Antonio.

Los chicos bajaron la velocidad y comenzaron a caminar. Samuel aflojó un poco el nudo de la banda y continuaron avanzando por el extraño bosque. Pero no

sirvió de nada: el cuervo había desaparecido.

—Esperen —dijo Antonio—. Miren.

Samuel logró ver la silueta del cuervo, que ya no volaba. No se movía. Más bien parecía estar congelado en el aire.

Los tres amigos se acercaron.

La niebla se fue disipando.

Samuel, Antonio y Lucía se quedaron petrificados.

El cuervo estaba posado sobre el hombro de un hombre inmenso.

EL ROSTRO DE LA ESTATUA

7

El hombre inmenso no se movió. Tampoco el cuervo. Lentamente, Samuel avanzó hacia ellos. La banda de monitor obligaba a Lucía y a Antonio a seguirlo.

Entonces, una fría ráfaga de viento disipó la niebla y los chicos vieron que no se trataba de un hombre de verdad.

—¡Una estatua! —exclamó Lucía.

—Nos asustamos por una piedra —dijo Antonio.

La estatua estaba agrietada y rota. Unos insectos grandes y negros entraban y salían por las grietas. El musgo verde la cubría casi completamente. La base, que también era de piedra, estaba cubierta de enredaderas.

—¡El balón! —dijo Antonio.

Efectivamente, el balón estaba junto a la estatua.

—Al fin lo encontramos —dijo Lucía.

Antonio lo recogió y le quitó el lodo. Samuel se había quedado mirando fijamente a la estatua.

¡CRAAC! ¡CRAAC!

El cuervo agitó las alas y se fue.

Samuel zafó el nudo de la banda que lo unía a sus amigos y se la echó al hombro.

—¿Me ayudan? —les dijo a Lucía y a Antonio—. Quiero quitarle el musgo para ver bien el rostro de la estatua.

Unos momentos después, Lucía estaba parada sobre los hombros de Antonio mientras Samuel intentaba subir por la espalda de la chica.

—¿Cuán fuerte creen que soy? —se quejó Antonio.

—Muy fuerte —le dijo Samuel sonriendo—. No te muevas, por favor.

Antonio se tambaleó, pero Lucía sujetó a Samuel firmemente por los tobillos y él pudo agarrarse de la parte

superior de la estatua. Lentamente, comenzó
a limpiarle el rostro.

El musgo estaba húmedo y frío como el
hielo. Olía a lodo. Mientras lo quitaba, Samuel
sintió una ráfaga de viento, como si acabaran

de respirar sobre él. De pronto, un gran pedazo
de musgo se desprendió y el chico pudo ver el
rostro que tenía delante.

—La estatua… ¡es la estatua de Obdulio
Espanto! —dijo.

¡ES UNA TRAMPA!

8

Samuel se sujetaba de la estatua. Lucía lo miró desde abajo.

—¿Obdulio Espanto? ¿Aquí? ¿En lo profundo de este bosque? —preguntó.

A Antonio comenzaron a temblarle las piernas. Lucía se tambaleó y Samuel perdió el equilibrio. Un segundo después, los tres cayeron al suelo.

Entonces, Antonio vio algo que le llamó

la atención. Quitó algunas de las lianas que cubrían la base de la estatua. Había algo inscrito en la piedra:

ESTA ESTATUA CONMEMORA
LA COMPRA DE LA PROPIEDAD
REALIZADA POR
OBDULIO ESPANTO EN
1917

—Ajá —dijo Lucía—. ¿Será que…

—¿Qué? —dijo Samuel.

Lucía sacó el diario de Obdulio Espanto de la mochila y comenzó a hojearlo. Samuel y Antonio lo habían hallado cuando penetraron las entrañas mismas de la escuela para rescatar a Lucía.

—Un mapa —gritó la chica—. Creo que Obdulio Espanto compró este terreno para la escuela. ¿Ven donde dice CANCHA DE FÚTBOL?

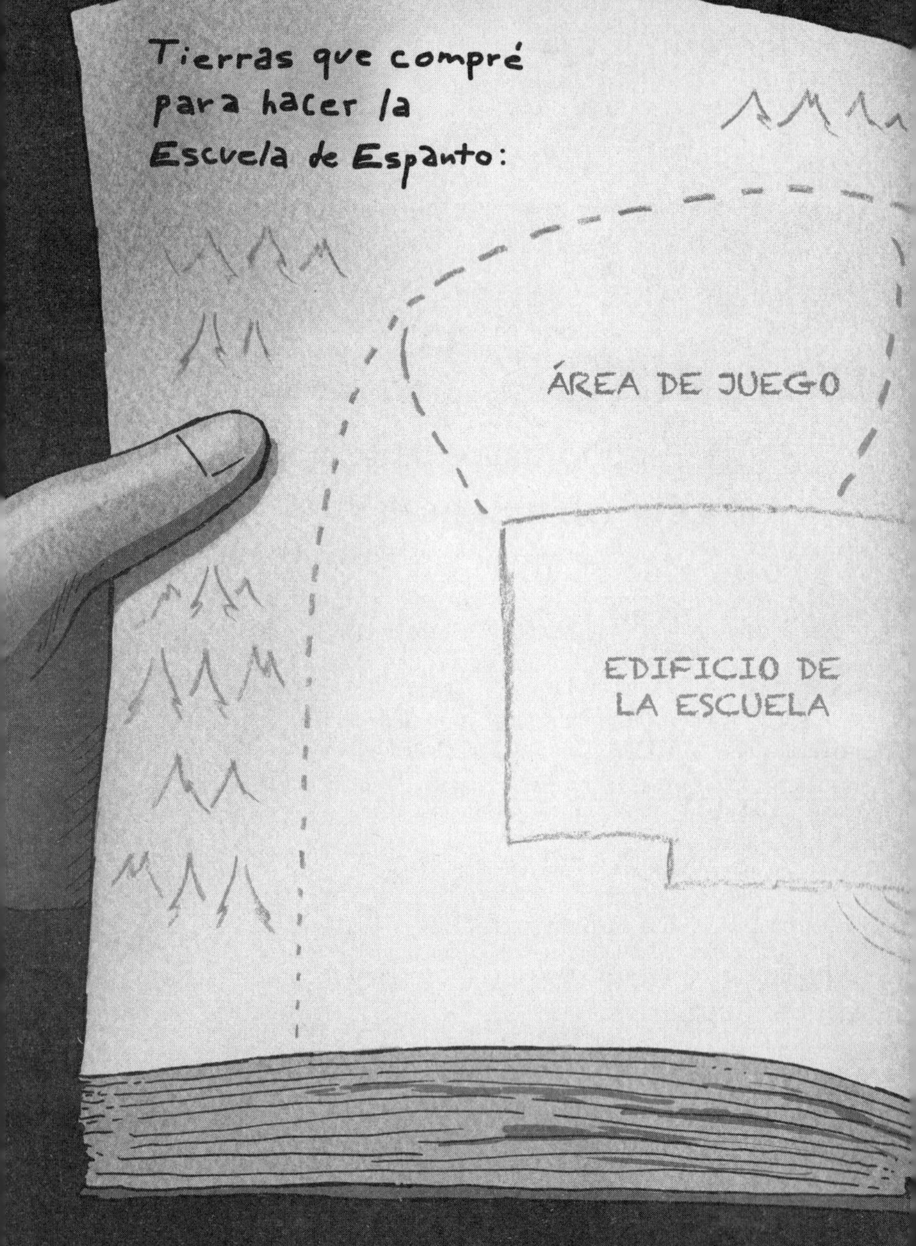

Tierras que compré
para hacer la
Escuela de Espanto:

ÁREA DE JUEGO

EDIFICIO DE
LA ESCUELA

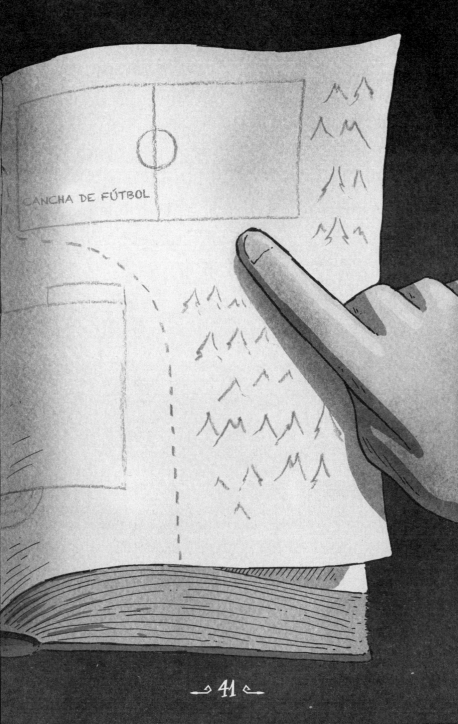

—Pero nunca construyeron la cancha de fútbol —dijo Antonio—. Nunca cortaron los árboles ni movieron la cerca.

Samuel tragó en seco. Acababa de ocurrírsele una idea horripilante.

—Quizás *todo* lo relacionado con la escuela está vivo. ¡Quizás *todo* está bajo el hechizo de Obdulio Espanto!

Samuel miró el rostro de la estatua y volvió a tragar en seco.

—Tenemos que regresar a la escuela —dijo Lucía—. Llevamos mucho tiempo aquí.

Las palabras de Lucía le

helaron la sangre a Samuel. Miró la banda de monitor de pasillo, observó el balón y luego alzó la vista hacia la estatua. De repente, se dio cuenta de todo.

—Hemos dejado a los estudiantes solos —exclamó—. Mientras nosotros estamos aquí, *nadie* está cuidando la escuela. Obdulio Espanto trajo el balón hasta este lugar para que lo siguiéramos.

—¿Quieres decir que hemos caído en una trampa? —preguntó Lucía consternada.

—¡Sí! —dijo Samuel.

—Y si estamos en el bosque —añadió Antonio—, ¡la escuela puede atacar a los estudiantes!

¡A CORRER!

—¡Tenemos que regresar ahora mismo!
—gritó Samuel.

Ahora divisaba la escuela entre la niebla y
los pinos.

—Por ahí —dijo Lucía.

Los chicos salieron corriendo a través
del bosque.

Samuel sentía que el corazón se le quería salir por la boca. Las piernas le dolían.

—Estamos llegando. Ya veo la cerca —dijo Antonio.

Subieron corriendo hasta un promontorio, para finalmente pasar por el hueco de la cerca y salir del tupido bosque.

Se encontraron de nuevo en el área de juegos, junto a los columpios. Más adelante estaba el tobogán y la estructura con las barras para colgarse. La niebla parecía haberlos seguido.

"Qué tarde tan horrorosa, pero ya estamos a salvo…", pensó Samuel recobrando el aliento.

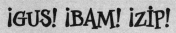

¡GUS! ¡BAM! ¡ZIP!

De repente, la hierba verde brillante del área de juegos comenzó a crecer rápidamente. Samuel, Lucía y Antonio tropezaron.

—¿Qué pasa? —chilló Lucía.

Inmensas hojas de hierba se empinaban hacia lo alto. Medían al menos diez pies de altura.

Los chicos se abrazaron. La hierba los rodeaba por todas partes, pero ante ellos se abría un camino en medio de las hojas.

—Ajá —dijo Samuel—. Parece que nuestra

área de juegos se ha convertido en un *laberinto*.

Lucía y Antonio miraron a su alrededor. Samuel tenía razón. Estaban en medio de un tortuoso laberinto vegetal.

—Nunca lograremos salir de aquí —dijo Lucía.

—*Tenemos* que hallar la salida —respondió Samuel.

Antonio sonrió y se metió una mano en el bolsillo.

—No tengan miedo. Traje mi sándwich de mantequilla de maní y mermelada de la suerte. Dejaré un rastro de migajas para poder regresar —dijo.

—Bien pensado. Busquemos la salida —dijo Samuel sonriendo.

EN EL LABERINTO DE HIERBA

10

Las paredes del laberinto eran más altas que Samuel, Lucía y Antonio.

—Solo hallando la salida lograremos regresar a la escuela —dijo Samuel.

—Y si el laberinto es también una trampa, tenemos que *apurarnos* —dijo Lucía.

—Las barras están al otro lado del área de juegos —dijo Antonio—. Están muy cerca de la entrada de la escuela.

—¡Vayamos hacia las barras! —exclamó Samuel—. ¡Vamos!

Los chicos avanzaron por el sendero. Antonio iba dejando caer migajas de pan. El oscuro laberinto serpenteaba por toda el área de juegos. Samuel podía divisar los columpios y el tobogán, pero todo le parecía distinto.

Los aparatos estaban rodeados por murallas de hierba. El suelo estaba húmedo y enlodado. Crecían lianas por todas partes.

Los caballitos mecedores parecieron gritarle cuando pasó a su lado. Sus resortes crujían y lo miraban con ojos desorbitados.

El tiovivo, cubierto
de lianas, giraba por
sí solo. A cada vuelta
rechinaba y aullaba.

Finalmente, Samuel
divisó las barras.

—¡Estamos casi en la entrada! —gritó.

—Pero no va a ser tan fácil llegar hasta allí
—dijo Lucía.

Tenía razón.

Debajo de las barras había un pantano.

—¿Quizás podamos atravesarlo nadando? —preguntó Antonio.

—¿Estás loco? El otro por poco me traga —dijo Lucía.

—A lo mejor este es diferente —respondió Antonio.

—Lucía —dijo Samuel—, ¿tienes algo en la mochila que no necesites?

La chica abrió la mochila y buscó entre sus libros. Primero vio las gafas de sol y luego un estuche amarillo neón para los lápices. Se lo dio a Samuel.

—Vamos
a ver qué hace
el pantano
cuando se
lo lance.

Samuel lanzó
el estuche. Cayó
sobre el agua y se
quedó flotando. De
repente, una rama salió a la
superficie y se lo llevó hacia
lo profundo.

Los chicos tragaron en seco.

—Es igual al otro —dijo Lucía.

—Entonces, hay una sola manera de atravesarlo —dijo Samuel acercándose a las barras y colgándose de la primera—. Yo iré primero —añadió respirando profundo.

Y comenzó a pasar sobre el pantano.

DE BARRA EN BARRA

11

Samuel iba por la tercera barra cuando miró hacia abajo. Las aguas del pantano burbujeaban y el lodo le salpicaba los tenis. Había ramas que intentaban atraparlo y sintió que le sudaban las manos.

"No creo que logre llegar al otro lado —pensó—. Pero tengo que intentarlo".

Samuel iba a mitad de camino cuando Lucía se colgó de la primera barra y comenzó a pasar el pantano. Antonio iría de último.

—Detesto las barras —gruñó Antonio.

Samuel ya estaba casi al otro lado del pantano cuando la estructura que sostenía las barras comenzó a estremecerse y a crujir.

—¡Agárrate bien! —le gritó Samuel a Lucía.

—Está tratando de tumbarnos —gritó Lucía.

La estructura oscilaba de un lado a otro.

Samuel se lanzó hacia la siguiente barra. Solo le quedaba una más cuando escuchó a Lucía gritar.

La estructura de las barras se alzó en el aire.

Los chicos se sujetaron fuertemente.

"Estamos a veinte pies de altura", pensó Samuel conteniendo el aliento.

De pronto, empezaron a crecer lianas resbalosas sobre las barras. Una de ellas se le enredó en la mano a Samuel. Intentaba *abrirla* para que se soltara.

—¡No aguantaré mucho más! —gritó.

La liana le haló el dedo meñique y lo hizo
soltarse. En el último instante, mientras caía al
pantano, logró asirse de una pierna de Lucía.
El pantano no paraba de burbujear. ¡GLU-
GLU-GLU!

Entonces, la estructura de las barras comenzó a descender. Samuel sintió que se le revolvía el estómago.

Lucía se concentró. Le quedaba una sola barra por delante. Se estiró y la agarró con todas sus fuerzas. Entonces, Samuel logró poner un pie en tierra firme. Él y Lucía habían logrado escapar. ¡Pero Antonio aún estaba a medio camino! La barra descendió más por el

centro, los pies del chico estaban ya casi en el pantano y el lodo le salpicaba los pantalones.

—¡Apúrate, Antonio! —gritó Samuel.

—¡Estoy tratando! —respondió Antonio—. Créeme que no quiero ser la merienda del pantano.

Antonio pasaba rápidamente de una

barra a otra. Finalmente, logró llegar a la
última barra y, de un salto, cayó junto a
sus amigos.

Los chicos se quedaron mirando como el
pantano se tragaba las barras.

Entonces, Samuel salió corriendo.

"Ya casi llegamos", pensó.

El corazón le galopaba en el pecho.
Esperaba cruzar corriendo el último tramo del
laberinto hasta llegar a la escalera de entrada
de la escuela. Quería impedir a toda costa que
Obdulio Espanto atacara a los estudiantes.

—¡No! —gritó al ver *los columpios*—. ¡Hemos regresado a donde empezamos!

—Esto es un verdadero laberinto. No hay esperanza alguna —dijo Lucía deteniéndose detrás de él.

—Por suerte, fui dejando caer migajas de pan por el camino —dijo Antonio. Pero de repente se calló. No había nada en el suelo—. Un momento… ¡desaparecieron!

¿HABRÁ UNA SALIDA?

12

Antonio observó el sendero.

—¿Quién se llevó las migajas de mi sándwich? —preguntó.

—Las migajas no pueden haber desaparecido sin más —dijo Samuel desconsolado.

—¿Será posible que… —comenzó a decir Lucía temblando.

¡CRAAC!

Los chicos se dieron vuelta y vieron el cuervo de antes con una migaja en el pico.

—Seguro que el cuervo se comió *todas* las migajas —dijo Samuel.

El pájaro agitó las alas y salió volando.

—Todo nos está saliendo mal —dijo Lucía dando una patada en el suelo.

Samuel se dejó caer en el balancín.

—Me temo que nunca lograremos salir de aquí —dijo.

Pero en ese momento, uno de los extremos del balancín *saltó*.

—¡Ay! —chilló Samuel.

El balancín volvió a saltar. ¡Estaba vivo! Samuel cayó al suelo. Se levantó y se volvió a sentar. Estaba cubierto de lodo, pero sonreía.

—Genial —dijo—. Ya sé *exactamente* cómo encontrar la salida.

—¿De veras? —preguntó Antonio.

—Creo que sí… —dijo Samuel—. ¿Podrían inmovilizar el otro lado del balancín?

—Por supuesto que sí —dijo Antonio remangándose la camisa.

Lucía y Antonio saltaron sobre el balancín, que empezó a sacudirse.

—Apúrate, Samuel —dijo Antonio.

Samuel saltó a toda velocidad sobre el otro extremo del herrumbroso balancín. Apenas lograba mantenerse encima.

Finalmente, logró pararse sobre él. Desde donde estaba, podía ver el laberinto y la escuela.

—¡Puedo verla! Puedo ver la salida —dijo Samuel sonriendo.

¡QUÉ HORROR!

13

Desde lo alto, Samuel veía el zigzagueante sendero que debían seguir para salir del laberinto. Debían doblar a la izquierda después de los columpios, doblar a la derecha antes de la cuerda con la pelota, pasar los toboganes y de nuevo doblar a la derecha después del tiovivo. Entonces estarían frente a la escalera de la puerta trasera de la escuela.

—¡Vamos! —exclamó Samuel.

Los chicos salieron corriendo por el sendero. La Escuela de Espanto sabía que Samuel y sus amigos estaban a punto de escapar, y tenía que hacer todo lo posible por detenerlos. Las lianas los azotaban y el suelo se volvió más lodoso, pero Samuel, Lucía y Antonio siguieron corriendo.

—¡A la izquierda! —gritó Samuel cuando pasaron por los columpios.

—¡A la derecha! —gritó al poco rato—.
¡Doblemos aquí!

Finalmente, salieron del laberinto y vieron
frente a ellos la escalera que llevaba a la puerta
trasera de la escuela.

—¡Lo logramos! —gritó Lucía—. ¡Nos
escapamos!

La escalera estaba a unos pasos, pero Samuel vio algo que le paró el corazón.

La estructura con el tobogán, los columpios hechos con ruedas de autos y la red había cobrado vida. La inmensa estructura de madera y plástico era tan alta como una casa y se acercaba amenazadoramente a la escuela.

Obdulio Espanto *los había* atraído a él y a sus amigos al bosque para que no descubrieran su VERDADERO plan. Planeaba entrar a la escuela ¡y devorar a los estudiantes!

¡ESTÁ VIVA!

14

La estructura golpeaba el suelo mientras se acercaba a la escuela. Parecía una araña.

Samuel levantó la vista. La Escuela de Espanto continuaba envuelta en la niebla y nadie vería lo que se acercaba. Nadie se daría cuenta del horror que les esperaba.

El monstruo levantó una estaca enorme y la clavó en la escuela.

¡¡¡PAM!!!

Samuel contuvo el aliento. Los estudiantes estaban en peligro. ¡Tenía que actuar!

—¡Eh, Obdulio! —gritó—. Antes de merendarte a los estudiantes tendrás que enfrentarte al monitor de pasillo.

El monstruo se detuvo y se volteó hacia él.

Samuel comenzó a temblar. Le parecía que tenía *rostro* y que lo miraba fijamente. El tobogán rojo parecía una lengua en una boca de madera.

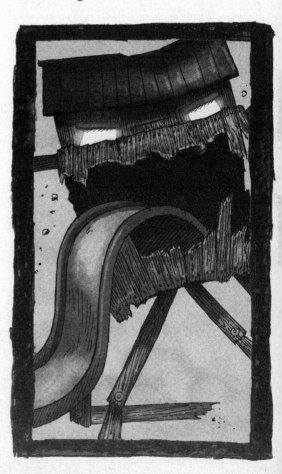

De repente, un columpio golpeó a Antonio. El chico soltó un grito cuando la rueda cayó sobre él y lo inmovilizó, como si fuera un cinturón de goma.

—¡Me atrapó! —gritó Antonio.

Lucía y Samuel corrieron a socorrer a Antonio, pero un palo de escalar se alzó del suelo y trató de golpearlos.

—¡Cuidado! —gritó Lucía.

Los chicos se agacharon para que no los golpeara.

¡ZAS! Les pasó muy cerca.

Samuel y Lucía se pararon rápidamente.

Lucía chilló. La red conectada al monstruo

la había atrapado y la lanzaba de un lado a otro como si fuera una mosca en una telaraña.

Samuel retrocedió.

"Los atrapó —pensó—. Y ahora, ¿qué voy a hacer?"

Trataba de hallar una solución lo antes posible. Recordó cómo había derrotado a la Escuela de Espanto cuando atacó a

los estudiantes durante la obra de teatro. Le había lanzado un inmenso barril de mantequilla de maní a la boca para impedir que se comiera a Antonio.

"Es como si cada objeto de la escuela formara parte de Obdulio Espanto", pensó Samuel.

Miró a su alrededor y vio el balón de fútbol a

los pies de Antonio.

"¿Lo lograría? —se preguntó—. ¿Lograría patear bien el balón? ¿Podría usar la misma cosa que nos metió en este lío para salvarnos? Solo hay una manera de averiguarlo…"

—¡Antonio! —gritó Samuel—. Lánzale el balón a Lucía.

—¿Cómo se te ocurre querer jugar al fútbol en este momento? —preguntó Antonio.

—Este es el mejor momento —respondió Samuel.

Antonio apenas podía moverse, pero logró lanzarle el balón a Lucía. La red zarandeaba a la chica como un yoyo. Lucía intentaba desenredarse. Finalmente, logró lanzarle el balón a Samuel.

El monstruó rugió. Levantó una pata y se preparó para *destruir* el balón…

La pata de palo le pasó muy cerca al balón, pero terminó golpeando el lodoso suelo. Samuel detuvo el balón con el pie.

El monstruo se le acercó.

¡PAM!

¡PAM!

¡PAM!

De pronto, el tobogán se extendió como si fuera una alfombra roja. Zigzagueaba dando coletazos y golpeando el suelo a los pies de Samuel.

—¡Patea el balón! —gritó Lucía.

—Apúrate. ¡Casi no puedo respirar! —se quejó Antonio.

La boca de madera del monstruo se abría y se cerraba como si lanzara mordiscos al aire. Samuel se dio cuenta de que la escuela quería atraparlo con la lengua y tragárselo de un bocado.

"¡Llegó la hora!", pensó.
Se preparó, miró el balón y...

El balón voló por el aire. Pasó zumbando por encima de la lengua y, un instante después, ¡desapareció en la inmensa boca del monstruo!

—¡GOOOOOL! —gritó Antonio.

—¡QUÉ TIRO! —exclamó Lucía.

Samuel recobró el aliento y, de pronto, todo quedó en silencio.

El monstruo comenzó a tambalearse. Las

ventanitas de la casita encima del tobogán se abultaron como ojos desorbitados. Las patas se le doblaron. La madera crujió y se escuchó un largo gemido. La gigantesca lengua se mecía inerte. El monstruo se estaba asfixiando. Se inclinó hacia delante, hacia Samuel.

El chico dio un paso atrás.

De repente, la inmensa estructura quedó sin vida. La rueda soltó a Antonio. La red dejó caer a Lucía al suelo. La madera se quedó finalmente quieta. Hasta la niebla comenzó a disiparse.

—Nada mal para un tipo que es *pésimo* jugando al fútbol —bromeó Antonio.

Pero antes de que Samuel pudiera responderle, escucharon un ruido.

¡CLANC!

UNA ESCUELA MUY EXTRAÑA

16

Las puertas de la escuela se abrieron de un tirón.

—¡Samuel! ¡Lucía! ¡Antonio! ¿Dónde se habían metido? —gritó la Sra. Gómez.

El Sr. Necrocomio estaba a su lado y una leve sonrisa asomaba en su rostro.

—¡El recreo terminó hace media hora! —añadió la Sra. Gómez.

"¿Hace media hora? —pensó Samuel—. Esos treinta minutos me parecieron eternos".

—Lo siento, Sra. Gómez —dijo—. Nos perdimos en la niebla.

—¿Qué niebla? —preguntó la Sra. Gómez mirando a su alrededor—. Además, una ligera niebla no debería impedirles volver al salón, sobre todo si los tres quieren seguir siendo monitores de pasillo —advirtió.

La Sra. Gómez se volteó para entrar a la escuela, pero entonces se detuvo.

—¿Y ese aparato no estaba allá? —preguntó mirando el tobogán.

—Oh, no, Sra. Gómez —dijo el Sr.

Necrocomio—. Lo cambiamos de lugar hace un rato. ¿Acaso usted no recibió mi notificación?

—No, no la recibí —dijo la Sra. Gómez.

Samuel, Lucía y Antonio se rieron.

—¡Basta de risitas! —dijo la Sra. Gómez—. Entren a la escuela y límpiense los zapatos. No sé por qué los tienen llenos de lodo.

La Sra. Gómez negó con la cabeza y entró a la escuela seguida del Sr. Necrocomio.

—Tiene razón. Estamos llenos de lodo —dijo Lucía mirándose la ropa.

—Bueno, *acabamos* de atravesar una verdadera

jungla, ¿no? —dijo Antonio riéndose.

—Y un laberinto —añadió Samuel.

El chico miró a su alrededor. Observó

el patio de la escuela y alzó la vista hacia el bosque al otro lado de la cerca.

—Lucía, Antonio —dijo Samuel tragando en seco—, Obdulio Espanto es más poderoso de lo que imaginábamos. Tiene poder fuera de la escuela.

—Tendré que volver a leer su diario —dijo Lucía asintiendo—. Quizás descubra cosas que pasé por alto la primera vez. Quién sabe…

Antonio les pasó los brazos por encima a sus amigos.

—Dejemos eso para mañana —dijo—. Por hoy, quiero descansar. Por favor, ¡díganme que mañana es sábado!

—Es *martes* —dijo Lucía.

—¡Por supuesto que esto tenía que pasar un lunes! —se quejó Antonio.

Los chicos se echaron a reír y comenzaron a subir la escalera de la escuela.

¡ZAS!

Pero Samuel se volteó a tiempo para ver el balón de fútbol bajar por el tobogán y rodar hasta sus pies. Se inclinó y lo recogió.

Era otra vez un balón de fútbol común y corriente. Se lo puso bajo el brazo y, junto con sus amigos, entró a la escuela más extraña del mundo: la Escuela de Espanto.

¡Shhhh!

Esto es súper secreto:

Jack Chabert es el nombre artístico de Max Brallier (¡Max usa un nombre ficticio en lugar de su verdadero nombre para que Obdulio Espanto no vaya por él también!). Max fue monitor de pasillo en la escuela primaria Joshua Eaton en Reading, Massachusetts. Hoy en día, vive en un apartamento viejo y extraño en la ciudad de Nueva York. Pasa el día escribiendo, jugando videojuegos y leyendo cómics. Por la noche, camina por los pasillos, siempre listo para cuando el edificio cobre vida. Max es autor de más de veinte libros para niños, incluidas las series The Last Kids y Galactic Hot Dogs.

Sam Ricks estudió en una escuela embrujada, pero no tuvo la oportunidad de llegar a ser monitor de pasillo. Y, por lo que recuerda, la escuela nunca trató de engullirlo. Sam obtuvo una maestría en diseño en la Universidad de Baltimore. De día, ilustra historias desde su cercana, cómoda y no carnívora casa. De noche, les lee cuentos raros a sus cuatro hijos.

Escuela de Espanto

¡El recreo es una JUNGLA!

¿Por qué piensa Samuel que no es peligroso seguir el balón de fútbol?

¿Qué descubren Samuel y sus amigos cuando siguen al cuervo?

Antonio deja caer migajas para no perderse. ¿Funciona esto? ¿Por qué sí o por qué no?

Obdulio y Samuel son enemigos. Escribe parte de la historia desde el punto de vista de Obdulio en lugar del de Samuel.

Samuel explica cómo escapar del laberinto. ¡Escribe instrucciones con un compañero de clase sobre cómo jugar fútbol, caminar a la escuela o escapar de un laberinto!